孩子愛讀的 漫畫中國經典

成語故事 ②

寓言篇

幼獅文化　編繪

園丁文化

U0114854

看漫畫、讀故事、學成語

妙趣橫生的紙上閱讀

　　中文是一種古老而博大精深的語言，有着豐富的詞彙和表達形式。成語是其中一種特有的詞彙，結構固定，言簡意賅，卻極富表現力。

　　成語的數量數以萬計，它們由古代沿用至今，經過數千年的錘煉，而成為中國語言的精華。它們有的來源於神話傳說，有的來源於歷史故事，還有的來源於各種文學作品。幾乎每一個看似簡單的成語，背後都有令人着迷的故事。這些故事或是記載了一個人的成長與挫折，或是還原了古代帝王治國的策略與手段，或是表現了古人在生活中的智慧與哲學……閱讀成語故事，不僅能讓孩子們了解精彩紛呈的中國古代世界，領略古人的智慧，還能讓孩子們加深對成語的理解，進而熟練掌握並運用成語。

這套成語故事，分為《人物篇》、《寓言篇》、《智慧篇》和《謀略篇》4冊，共收錄孩子們在日常生活中常見、常用的220個成語。

　　採用引人入勝的漫畫形式，同時融入中國經典連環畫的特色，獨具中國韻味。漫畫中的人物形象栩栩如生，服飾、場景古色古香。每幅漫畫下配有簡潔、流暢的文字；每個成語都有詳細的釋義及講述完整的成語故事，讓孩子們能輕輕鬆鬆地掌握經典成語背後的歷史、人物、文化精神及深刻寓意。每冊書還精心設計了「成語百寶箱」，將成語分類歸納，幫助孩子們高效記憶，觸類旁通。

　　希望這套圖書可以成為孩子們學習成語的好幫手、好夥伴，並讓孩子們在妙趣橫生的閱讀中領略到中文的魅力。

目錄

寓言篇

按圖索驥

釋義：比喻按照死規矩機械地做事，不知變通。也泛指按照線索尋找目標。驥（粵音冀），意指千里馬。

1 春秋時期，秦國有一位著名的相馬專家。當時的人們都很尊敬他，常常以神話中掌管天馬的神仙「伯樂」來稱呼他。

2 伯樂一生識得良馬無數。這些良馬幫助將士們在戰場上衝鋒陷陣，為秦國的崛起立下了汗馬功勞。

3 後來，伯樂漸漸老了，秦穆公時常在他面前感歎：「你的相馬技術精湛了得，只可惜無人繼承啊！」

4 聽到秦穆公這麼說，伯樂便花費了許多精力，總結歸納自己畢生的相馬經驗，寫成了一部相馬學著作——《相馬經》。

5 伯樂的兒子也希望像父親一樣，成為一名相馬專家，受眾人愛戴。不過他愛好玩樂、生性愚鈍，因此伯樂並不看好他。

6 一天，伯樂的兒子得知父親已著成《相馬經》，便迫不及待地討來天天研讀。

7 過了一段時間，他認為自己已經學會了父親的全部相馬技能，便興沖沖地出門找好馬去了。

8 他來到一個養馬場，向馬場主說明了來意。馬場主拉出幾匹好馬給他看，但他都連連搖頭，非常不滿意。

9 最後他看遍了馬場的馬，也沒找到好馬，只好離開了。他一邊走，一邊念叨：「好馬有高高的額頭、鼓鼓的眼睛……」

10 這時，一隻癩蛤蟆從路邊的草叢中躥了出來。他盯着癩蛤蟆看了許久，忽然興奮地大叫：「這不就是書上說的好馬嗎？」

11 「沒錯，高高的額頭、鼓鼓的眼睛，雖然蹄子不夠結實，但也算是一匹千里馬！」說完，他撲上去一把捉住了那隻癩蛤蟆。

12 一進門，他就滿臉驕傲地舉起那隻癩蛤蟆，向伯樂宣告：「父親，我花了大半天的時間，終於找到您說的好馬了！」

13 伯樂定晴一看，兒子手裏提着一隻癩蛤蟆，不由得愣住了：「這⋯⋯這就是你找到的好馬？」

14 「對啊，您看牠的額頭多高，眼睛多鼓啊，完全符合您《相馬經》中所說的好馬特徵！」兒子胸有成竹地答道。

15 伯樂聽了，哭笑不得地說：「你的這匹好馬只會蹦蹦跳跳，恐怕沒辦法好好駕車呢，你還是把牠放了吧！」

揠苗助長

釋義：比喻違反事物的客觀規律，急於求成，反而壞事。揠（粵音壓），意指拔起。

1 春秋時期，宋國有一個靠種莊稼為生的人。為了養活一家老小，他每天天還沒亮就到田裏幹活，但收成總是不如人意。

2 又到了插秧的季節，農夫頂着烈日，弓着身子，在田裏忙了一整天，好不容易才把秧苗全部種下。

3 傍晚，農夫拖着疲憊的身軀回到家，倒頭便睡。他做了一個夢：稻穀成熟了，田裏金燦燦的一片，飽滿的穀穗彎下了腰。

4 第二天一早,他激動地對妻子說:「我做了一個豐收的好夢,我們的禾苗肯定能長得又快又好!」

5 說完,他就往田裏跑,去看昨天剛種下的秧苗。然而,秧苗還是和昨天一樣,沒有任何變化。

6 一天,兩天,三天過去了,秧苗還是又矮又小。農夫越發着急了。

7 他甚至覺得別人家的秧苗比自家的高,跑去向別人討教方法。可是,別人說莊稼有自己的生長規律,不能性急。

8 這天，他又來到田邊，坐在田埂上，望着自家矮矮的秧苗，心急如焚。

9 忽然，他腦海中閃過了一個念頭：禾苗自己長不快，我可以把它們往上拔高一點兒，幫它們長高啊！

10 想到這裏，他立即跳到了田裏。把秧苗一棵又一棵用力往上拔，從中午一直忙到了太陽下山。

11 看着自己辛苦了大半天的勞動成果，農夫非常高興，自言自語道：「看吧，用不了多久，我們就能豐收了。」

12 回到家裏，他得意地對家人說：「今天我讓秧苗一下子長高了不少。」他的妻子和母親都覺得很納悶。

13 農夫九歲的兒子也很好奇父親究竟用了什麼辦法讓禾苗快速長高。農夫卻故意賣關子，讓兒子第二天隨他到田裏看看。

14 第二天，父子倆走到田邊一看，頓時傻眼了：秧苗全都死了！

15 農夫跌坐在地，一邊哭，一邊捶着胸口說：「都怪我急於求成啊！今年的收成沒指望了！」

抱薪救火

釋義：抱着乾柴去救火，比喻因為方法不當，雖然有心消滅禍患，結果反而使禍患擴大。

1 戰國時，秦國為擴張勢力，接連幾次向魏國發動進攻。魏國無力抵抗，不僅傷亡慘重，還割讓了多座城池給秦國。

2 公元前273年，秦國再次出兵魏國。眼看秦軍直逼魏國都城大梁，魏王嚇得終日寢食難安。

3 這天，魏王緊急召集羣臣，與他們共同商議退敵良策。

4 一位名叫段干子的將軍提議道：「論兵力，我們打不過秦國。倒不如把南陽割讓給秦國，以示友好。」

5 那些昏庸的大臣聽段干子這麼一說，也紛紛附和，都說這樣做是最好的辦法。

6 魏王面色凝重，想到又要將一座城池拱手相讓，不禁連連歎氣。

7 在群臣中，有一位叫蘇代的大臣。他掃了段干子一眼，然後走上前來對魏王說：「依我看，這實在是個愚蠢的辦法。」

⑧ 魏王有點愕然：「此話怎講？」蘇代說：「大王，臣給您講個故事吧！」

⑨ 「從前，有一個人的房子不幸着火了。別人都勸他趕緊用水把大火澆滅，這個人卻抱着一捆柴草衝過去救火。」

⑩ 「結果，他不僅沒有撲滅大火，反而讓大火越燒越旺，最後房子被燒了個乾乾淨淨。」

⑪ 「割地求和只能換來暫時的安寧，只要魏國還在，秦軍就不會停止進攻。就像柴沒燒完，火就不會滅一樣。」

12 魏王聽完，歎了一口氣道：「你説得很有道理。但事已至此，只有割讓南陽能解眼前之困了。」

13 蘇代長跪在地，苦苦相勸，最終還是沒能阻止魏王割讓南陽。

14 結果正如蘇代所説，秦國吞掉南陽後，仍然沒有滿足，繼續攻打魏國。

15 公元前225年，秦軍包圍魏國都城大梁，而後掘開黃河大堤，水淹大梁城。強盛一時的魏國就這樣走向了滅亡。

杯弓蛇影

釋義：比喻因疑神疑鬼而引起了恐懼。

1 西晉時，有一位叫樂廣的名士，他為人熱情豪爽，很喜歡結交朋友，常常邀請朋友到家中做客。

2 有一天，一位朋友應邀前來。樂廣早早就準備好了豐盛的酒菜。

3 兩人寒暄了幾句，正準備痛飲一番。可是，朋友端起酒杯時，無意中瞥見杯中似乎有一條小蛇，頓時嚇出了一身冷汗。

④ 他抬頭看了看樂廣，見樂廣早已暢飲數杯，面無異色，談笑自若。

⑤ 他僵直地端着酒杯，猶豫該不該喝下那杯酒。但樂廣頻頻勸酒，他覺得盛情難卻，只得硬着頭皮將杯中酒一飲而盡。

⑥ 他剛放下酒杯，樂廣又為他斟滿。他再三推辭，最後找了個藉口先行離開了。

⑦ 朋友回到家後，時常覺得有什麼東西在肚中游動。他越想越害怕，最後竟然病倒了。

8 家裏人為他請遍了城中名醫，但他的病情怎麼也不見好轉。

9 樂廣聽說朋友病重，急忙前去探望。他見朋友面如土色，氣若游絲，既驚訝又難過。

10 樂廣詢問朋友為何得病，朋友便與他說起了當天喝酒的事情。樂廣聽了，覺得很不可思議。

11 回到家，樂廣仔細察看那天喝酒的地方。他端着一杯酒坐在朋友當時坐的位置，往杯中一看，果然見有一條「蛇」！

12 他吃了一驚，不過他慢慢鎮定下來，開始思索這條「蛇」從何而來。忽然，他抬頭看見了牆上的弓。原來，那是弓的倒影！

13 為解開朋友的心結，樂廣再次邀請他到家中做客，並讓他坐之前的位置。朋友端起酒杯一看，發現裏面又有一條「蛇」。

14 看到朋友一臉驚恐的樣子，樂廣連忙指着牆上的弓告訴他，杯裏的「蛇」不過是弓的影子。朋友這才鬆了一口氣。

15 就這樣，朋友打消了心中的疑慮。沒過多久，他的病就好了。

杯水車薪

釋義：用一杯水去救一車着了火的柴草，比喻力量太小，根本解決不了問題。

1 有一個樵夫，在山上辛苦了大半天後，終於砍好了一車柴草。

2 他推着這車柴草急匆匆地往市集上走，希望能賣個好價錢。

3 時值盛夏，烈日當空。不一會兒，樵夫就熱得汗流浹背、口乾舌燥。這時，他看見不遠處有一個茶館。

4 樵夫連忙走快幾步，將柴車停放在茶館旁邊，然後走進了茶館。

5 茶館內坐着很多人，有的在喝茶，有的在聊天。樵夫剛坐下喝了一口茶，就聽到外面有人在大聲喊：「着火了！着火了！」

6 他放下茶杯，走到門口一看——天啊，着火的不正是自己的柴車嗎？

7 眼看柴車上的火苗呼呼地直往上躥，樵夫連忙轉身跑進茶館，端起自己那杯沒喝完的茶就往門外衝。

8 他一路叫喊着衝向自己的柴車，然後將茶水潑向柴車。

9 茶館裏的一些熱心人聽到樵夫的叫喊後，也紛紛端着茶水衝出來救火。

10 然而，這些茶水絲毫不起作用，劈里啪啦一陣響聲之後，火不但沒滅，反而燃燒得更猛烈了。

11 最後柴車化成了灰爐，樵夫傷心地坐在地上痛哭起來。

呆若木雞

釋義：呆滯得像木頭雕刻的雞一樣。形容因恐懼或吃驚而發愣的樣子。

1 戰國時期，有個叫紀渻（粵音省）子的人，很擅長馴養雞。他馴養出來的雞經常能在鬥雞比賽中取得勝利。

2 齊王很喜歡看鬥雞比賽。他聽説紀渻子的名聲後，就把他請到宮裏負責馴養雞。

3 紀渻子進宮後，開始盡心盡力地為齊王訓練起雞來。

4 齊王是個急性子，沒過幾天便來向紀渻子詢問訓雞的情況。

5 紀渻子對齊王說：「現在還不行，這隻雞表面上很驕傲，但其實心裏還很害怕，還沒有戰鬥力。」

6 又過了十天，齊王忍不住召見紀渻子，問：「雞現在訓練得差不多了吧？」

7 紀渻子回答：「還沒有。牠現在一看到別的雞就拉開架勢，沉不住氣，這樣很容易被打敗。」

8 一個月後，齊王已經等得不耐煩了，可是紀渻子還是說那隻雞不能去參加比賽。

9 四十天後，紀渻子說：「可以了。現在無論發生什麼情況，牠看到別的雞都能一動不動，就像木雞一樣。」

10 齊王找來一隻雞與牠對決。只見找來的那隻雞又叫又跳，紀渻子訓練出來的雞卻像木雞一樣站着不動。

11 那隻又叫又跳的雞一下子被嚇壞了，再也不敢與牠決鬥。從此以後，齊王總能憑藉這隻呆呆的雞輕鬆取得比賽勝利。

得過且過

釋義：敷衍地過日子，也指對工作不負責，敷衍了事。

1 傳説在五台山上，有一種叫寒號鳥的動物，牠雖然被稱作鳥，卻長得不像鳥。

2 夏天，寒號鳥渾身披着閃耀着光澤的皮毛。牠常常得意洋洋地向鳥兒們炫耀：「鳳凰不如我！鳳凰不如我！」

3 時光飛逝，一眨眼冬天就快到了，大部分的鳥兒都飛到遙遠的南方去過冬了。

4 那些飛不走的鳥兒也開始做窩防寒，只有寒號鳥仍然到處遊玩，根本沒想到要為過冬做準備。

5 沒過多久，寒號鳥引以為豪的皮毛開始一點點地脫落了。

6 寒冷的夜裏，寒號鳥凍得直打哆嗦，牠不斷地咕噥着：「明天就做窩，明天就做窩。」

7 可是，當寒夜過去，太陽出來的時候，寒號鳥就將做窩的事兒拋到了腦後，只顧着到處遊玩。

8 別的鳥兒一再提醒牠，牠卻滿不在乎地說：「只要能過得去，就這樣過下去，過一天算一天吧。」

9 日子就這樣一天天過去了，寒號鳥的皮毛越掉越少，最後竟全身都光禿禿的了。

10 這天夜裏，寒風呼嘯，大雪紛飛，寒號鳥凍得縮成一團，心裏後悔極了。

11 雪下了一整夜，終於停了。可是，寒號鳥已經在夜裏凍死了。

東施效顰

釋義：比喻不考慮具體的條件，盲目模仿，結果反而與原先的期望剛好相反。顰（粵音貧），意指皺眉。

1 春秋時期，在越國一個村莊裏有一位名叫西施的美女。

2 她的鄰居是一位名叫東施的醜女，不過她自以為很漂亮。

3 西施患有心疾，每次犯病，她都痛得緊皺眉頭，手捂胸口。

4 村裏的人都很喜歡美女西施，甚至覺得她皺眉捂胸的樣子比平時更加嬌美，更加惹人憐愛。

5 東施不以為然，心想：西施的美還不及我的十分之一，要是我也像她一樣皺眉捂胸，定能迷倒一大片人。

6 於是，從那天起，東施開始學習西施皺眉捂胸的樣子。她仔細觀察西施犯病時的樣子，希望能學得像。

7 學了一段時間，東施自認為已經掌握了要領，便學着西施的樣子，皺着眉頭，捂着胸口，在村子裏走來走去。

8 東施本來就長得醜，再加上她如此裝模作樣，就更難看了。村民見了，都閉門不出，不想看到東施的這副模樣。

9 路人見了，拉上妻兒遠遠地跑開了，不想讓他們看到東施難看的樣子。

10 村裏有一個老人勸東施說：「你要學習，也應該學人家的優點啊，你現在反而把自己的形象弄得更糟了。」

11 東施聽了這話，頓時羞得面紅耳赤，連忙捂着臉跑回家去了。

對牛彈琴

釋義：比喻對不懂道理的人講道理，對外行人講內行話，現也用來比喻說話不看對象。

1 春秋戰國時期，魯國有個叫公明儀的人，他在音樂上有很深的造詣，彈得一手好琴。

2 一天，陽光明媚，微風和煦。公明儀帶着他心愛的琴外出遊玩。

3 他來到一個青山環繞、綠草如茵的地方，感到心曠神怡，便決定在此地好好彈奏一曲。

④ 可是，這附近只有他自己，沒有人可以做他的聽眾，公明儀覺得有點兒遺憾。

⑤ 這時，他看到遠處有一頭牛在埋頭吃草，突發奇想：這裏雖然沒有人，但我可以彈琴給牛聽啊！

⑥ 於是，他走到離牛不遠的地方，把琴擺好，非常投入地彈奏起來。

⑦ 他先是彈奏了一曲高深的曲子，琴聲悠揚，如夢如幻。可是那頭牛只是低着頭吃草，就像什麼都沒聽到一樣。

8 公明儀覺得牛可能聽不懂這樣高雅的曲調，便又彈奏了一首歡快的曲子，可是牛還是毫無反應，仍舊低着頭吃草。

9 公明儀一連彈了好幾首曲子，都沒能打動這個聽眾。他忍不住大喊：「我彈得這麼好，你怎麼沒有一點兒反應？」

10 這時，牛的主人來了，他笑着對公明儀說：「不是你彈得不好，而是牛聽不懂啊！」

11 聽到他這麼說，公明儀撫動琴弦，彈了一段類似蚊蠅的嗡嗡聲。牛聽後，立刻變得躁動不安，不斷地搖起尾巴來。

害羣之馬

釋義：比喻危害社會或羣體的人。

1 黃帝是中華民族的祖先。有一次，黃帝要到具茨（粵音詞）山拜見賢人大隗（粵音葵）。

2 走到襄城的時候，黃帝在一個三岔路口迷了路，不知道走哪條路才是正確的。

3 正在這時，一個放馬的孩子遠遠地趕着馬羣朝他們走來。

4 黃帝便問他：「孩子，你知道具茨山在哪裏嗎？」孩子答道：「知道。」

5 「那你知道大隗住在哪裏嗎？」黃帝繼續問道。「當然知道。」孩子想也沒想又回答道。

6 黃帝聽後，心想：這孩子不但知道具茨山，還知道大隗住在哪裏，真是不簡單啊。

7 黃帝想着想着，忍不住又問道：「那你知不知道如何治理天下？」

8 小孩說：「之前我得了病，一位長者讓我在襄城郊外隨心生活。我的病很快就好了。治理天下也應該像這樣。」

9 黃帝搖搖頭說：「你說得太含糊了，究竟該怎樣治理天下呢？」

10 小孩說：「治理天下就和我放馬一樣，只要把害群之馬驅逐出去就行了。」

11 黃帝聽了，深受啟發，向小孩行了一個大禮後才大步離開。

釋義：比喻一味地模仿別人，不僅學不到本事，反而喪失了自己原有的技能。邯鄲（粵音韓丹），地名。

1 戰國時期，燕國有個長得一表人才的年輕人，他很不滿意自己走路的姿態。

2 有一天，他跟鄰居聊起走路姿態這件事。鄰居告訴他，趙國邯鄲人的走路姿態非常優美。

3 於是，年輕人便萌生了去邯鄲學習走路的念頭。第二天一早，他就駕着馬車出發了。

4 年輕人來到邯鄲後,發現這裏的人走路姿態各不相同,但是都很好看。於是,他在邯鄲住了下來,開始學習邯鄲人走路。

5 每天一大早,他便到城裏最熱鬧的地方看邯鄲人走路。

6 他看到一個人走起路來氣宇軒昂,十分羨慕,就跟在後面學。

7 過了一會兒,他看到另一個人走起路來步伐矯健、精神抖擻,感覺這樣更加好看,便又跟在這個人身後學。

8 就這樣，他每天從早到晚，跟着不同的人學習走路姿勢。

9 他越學越覺得困惑，漸漸地都不知道該以怎樣的姿態來走路了。

10 三個月後，鄰居遇到了從邯鄲回來的年輕人，令他吃驚的是，這個年輕人居然是爬着前進的。

11 「天啊，發生了什麼？」鄰居驚叫道。年輕人滿臉羞愧地答：「我學得太雜了，連自己原來是怎樣走路的也忘了。」

鶴立雞羣

釋義：比喻一個人的才能或者儀表在一羣人裏顯得很突出。

1 三國時期的嵇（粵音溪）康，是魏國一位才華橫溢、以擅長絲竹音樂聞名於世的才子。

2 不幸的是，他四十歲時就因遭人陷害，而被掌權的大將軍司馬昭處死了。

3 嵇康死後，他十歲的兒子嵇紹由熱心的朋友養育。

4 嵇紹長大後，像他父親一樣儀表堂堂、才華出眾。無論走到哪裏，他都會吸引人們的注意。

5 西晉建立後，嵇紹被召到朝廷做官。他被安排在晉惠帝身邊當差。

6 嵇紹對晉惠帝非常忠誠，平常寸步不離地跟着他，一心一意保護他的安全。

7 有一次，都城發生變亂，嵇紹跟晉惠帝一起出兵迎戰。

鶴立雞羣

45

8 可惜戰鬥失敗了，將士死傷無數，剩下的人紛紛逃命去了。只有嵇紹始終保護着晉惠帝，不離左右。

9 敵人的箭像雨點一樣射了過來，嵇紹躲避不及，身中數箭。

10 嵇紹身上鮮血直流，不斷地滴到晉惠帝的御袍上。他最後重傷不治，英勇陣亡了。

11 嵇紹在世時，有人這樣形容他：「在人羣中見到嵇紹，他氣宇軒昂的樣子，就像是一隻仙鶴立在雞羣裏，非常引人注目。」

囫圇吞棗

釋義：比喻讀書、工作等不加分析或思考地籠統接受。囫圇（粵音忽輪），意指整個、完整。

1 古時候，有一個人應邀去朋友家做客，朋友熱情地拿出水果來招待他。

2 桌子上擺滿了各種水果，但他唯獨愛梨子和棗子，其他的水果碰都不碰一下。

3 朋友見了，笑着對他說：「梨子和棗子固然好，但吃多了對身體沒好處，應當吃點別的水果啊。」

④ 見他一臉不解的樣子，朋友便接着說：「梨子對牙齒有好處，但對脾臟有害；棗子對脾臟有好處，但對牙齒有害。」

⑤ 聽到朋友這麼說，他思索了很久，然後高興地說：「我想到了一個兩全其美的辦法。」

⑥ 他拿起梨子，得意洋洋地說：「吃梨子時，只嚼不咽，這樣既可以保護牙齒，還能避免給脾臟帶來損傷。」

⑦ 說完，他按照自己所說的，咬了一口梨子，在嘴裏嚼了一陣後，便把它吐了出來。

8 看到他這一奇怪的舉動，朋友吃驚得說不出話來。

9 這時，他又拿起一個棗子說：「吃棗子時，不用牙齒咬，整個吞下去就是了，這樣既對脾臟有好處，又不會傷害牙齒。」

10 說完，他不顧朋友的阻攔，把棗子放進嘴裏，一口吞了下去。

11 沒想到，這顆棗子卡在了他的喉嚨裏，他一時喘不過氣來，撲通一聲暈倒在地。

狐假虎威

釋義：比喻借別人的威勢來嚇唬或欺壓人。

1 在一片茂密的森林裏，住着一隻兇猛無比的老虎。一天，老虎覺得肚子餓了，到處找吃的。

2 這時，一隻狐狸從牠的前方經過，老虎便放輕腳步，悄悄地跟在了狐狸的身後。

3 忽然，老虎猛地撲過去，把狐狸逮住了。牠將狐狸一把抓起，張開大嘴就要吃。

④ 「你居然敢吃我？」狐狸雖然心裏十分害怕，但還是眼珠子骨碌一轉，壯着膽子問老虎。

⑤ 老虎瞪着狐狸，傲慢地說：「我是山中之王，還不敢吃你這一隻小小的狐狸？」

⑥ 狐狸說：「我可是上天派來管理這個森林的。」老虎聽了狐狸的話，愣住了，不由自主地鬆開了爪子。

⑦ 狐狸挺了挺胸脯，說：「如果你不相信的話，現在就跟在我後面去森林裏走走。」

8 老虎半信半疑，覺得這個主意不錯，便跟着狐狸朝森林走去。

9 一路上，狐狸走在前面，搖頭擺尾，好不威風；老虎走在後面，將信將疑，東張西望。

10 小兔子、小松鼠、梅花鹿正在森林裏嬉戲。牠們看到從遠處大搖大擺地走來一隻小狐狸，在牠的身後，竟然還跟着一隻兇猛的老虎。「哎呀，快跑！」小動物們大叫着四散逃開，跑得無影無蹤。

11 老虎看到這一幕，吃了一驚，心想：幸虧剛才沒有一時衝動把狐狸吃掉，要不然忤逆了上天的旨意，就惹上大禍了。

12 「怎麼樣？我說的沒錯吧！」狐狸轉過頭，叉着腰得意洋洋地對老虎說。

13 「是，是，是，你說的沒錯，多有得罪，多有得罪！」老虎說完撒腿就逃。

14 見老虎被嚇跑了，小動物們才出來活動。牠們說：「怎麼會有那麼蠢的老虎，竟不知道我們是害怕牠才逃跑的。」

華而不實

釋義：比喻外表漂亮卻沒有實際內容。

1 春秋時，晉國有一個大臣叫陽處父，他很喜歡高談闊論。

2 有一次，陽處父從魏國出使回來，路上住在一家客棧裏。

3 店主見陽處父相貌堂堂，一副很有學識的樣子，十分敬佩。

4 店主悄悄地對妻子說：「我早就想投奔一位品德高尚的人。我看陽處父這個人舉止不凡，我決定追隨他了。」

5 於是，店主便向陽處父表達了自己的意願。陽處父滿口答應，並保證店主以後能飛黃騰達。

6 第二天，店主就告別妻子，興沖沖地跟着陽處父上路了。

7 可是，一路上在和陽處父交流的過程中，店主發現陽處父只會東拉西扯，既沒有素養，也沒有才識。

8 幾天以後，店主就改變了主意，毫不留戀地離開陽處父，返回家去。

9 店主的妻子見丈夫突然返回，心中不解，問道：「咦，你怎麼回來了？發生什麼事了嗎？」

10 店主答道：「那個人看上去氣質不凡、博學多才，實際上語言淺薄、腹中空空。我怕跟着他反遭禍害，還是回來好。」

11 果不其然，一年後，這個華而不實的陽處父就被殺了。

畫龍點睛

釋義：多比喻寫文章或講話時，在關鍵處用幾句話點明實質，使內容更加生動有力。

1 南北朝時期，梁朝的張僧繇（粵音搖）大畫家很擅長畫龍、鷹、佛像等。

2 由於他的繪畫技術十分高超，很多人都慕名而來向他求畫，就連當時的皇帝也常常請他作畫。

3 有一年，梁武帝把張僧繇請去，讓他在金陵安樂寺的牆壁上畫四條金龍。

4 張僧繇一口答應了，拿着畫筆工具就動身前往安樂寺。

5 只見他輕輕刷了幾筆，一條活靈活現的龍便出現在寺廟的牆壁上。

6 很快，三天過去了，張僧繇畫好了四條栩栩如生的金龍。

7 這四條金龍吸引了很多人前去觀看。大家都誇讚張僧繇畫技了得。

8 可是，他們再仔細一看，發現這些龍都沒有畫眼睛。真是美中不足呀！

9 大家請求張僧繇把龍的眼睛點上。可是張僧繇說：「給龍畫上眼睛很容易，可是這些龍點了眼睛之後就會破牆飛走的。」

10 大家聽了這話都不相信，認為張僧繇是在說謊騙他們。

11 張僧繇無奈，只好答應眾人給其中一條金龍點上眼睛。他提起畫筆，輕輕地在龍頭上點畫起來。

12 很快，奇怪的事情發生了。只見天上烏雲密布，電閃雷鳴，那條被點上眼睛的金龍瞬間就震破牆壁，騰空而起。眾人哪見過這番景象，嚇得拔腿就跑。

13 不一會兒，那條金龍就張牙舞爪地飛走了，大家都驚得目瞪口呆。

14 又過了一會兒，雲散天晴，安樂寺的牆上只剩下三條沒有點上眼睛的金龍，另外一條被點睛的龍已經不知去向。

畫蛇添足

釋義：比喻多此一舉，弄巧成拙。

1 從前，楚國有個貴族，他祭祀完祖先後，把一壺酒賞給了幾個前來幫忙的門客。

2 壺中美酒芳香馥郁，令人陶醉。遺憾的是，這一小壺酒根本不夠幾個人分，眾人都覺得十分為難。

3 一個門客提議說：「不如我們來一場畫蛇比賽吧。誰先畫好蛇，誰就能獨享這一壺美酒。」大家聽了都拍手贊成。

4 於是，門客們各自找來一根樹枝，蹲在地上專心畫起蛇來。

5 有一個門客很快就畫好了蛇，他抓起酒壺，正要往嘴裏倒酒，卻瞥見旁邊的人還在埋頭畫蛇。

6 他得意地想：他們畫得太慢了吧，我還有時間給蛇添上腳呢！於是，他左手拿着酒壺，右手拿起樹枝給蛇畫起腳來。

7 忽然，他感覺左手一鬆，酒壺就被奪走了。原來，正當他忙着給蛇添上腳時，另一個人已經把蛇畫好了。

8 他急得從地上跳起來，瞪着搶他酒壺的人說：「我最先畫完蛇，這酒應該是我的！」

9 聽到他這麼說，搶到酒壺的人不禁哈哈大笑：「蛇哪裏有腳呢？你畫的根本就不是蛇啊！」

10 說完，那個人舉起酒壺，仰起脖子，把壺中美酒咕咚咕咚地喝了個精光。

11 給蛇畫腳的人愣愣地站在一旁，心裏懊悔極了。大家看到這一幕，都忍不住笑作了一團。

火中取栗

釋義：偷取爐中烤熟的栗子。比喻受人利用，冒險出力卻一無所得。

1 一隻猴子和一隻貓正在院子裏玩，忽然見主人端着一盆栗子走了過來。

2 主人架起爐火，放上炒鍋，把一大盆栗子倒進去翻炒。

3 很快，炒鍋裏就飄出了陣陣香味。猴子饞得直流口水。

4 突然，主人因為有事走開了。猴子很想伸手抓幾顆出來吃。可是爐火太燙，牠遲遲不敢下手。

5 猴子兩眼骨碌碌一轉，頓時想到了一個好主意，牠轉過頭去問身後的貓：「你喜歡吃栗子嗎？」

6 貓咽了咽口水，回答道：「當然，這麼香的栗子，誰不想吃呢？」

7 猴子說：「主人不在，不如你去取些栗子，我來把風，取到的栗子我們平分。」

8 貓同意了，牠躡手躡腳地走到爐火邊。這時柴火燒得正旺呢，鍋裏冒着陣陣熱氣。

9 牠忍着燙，快速地從炒鍋中拿出了一個栗子，然後甩在地上。

10 接着，第二顆、第三顆……貓一連拿出了好幾顆炒熟的栗子。牠的手被燙得起了好幾個水泡。

11 可是，當貓回過頭時，卻發現猴子樂呵呵地把牠拿出來的栗子全都吃掉了，只剩下一堆殼留給牠。

狡兔三窟

釋義：狡猾的兔子有三個窩，比喻有多個藏身的地方。

1 春秋時期，齊國的孟嘗君讓門客馮諼（粵音萱）去薛地討債，並吩咐他事成之後買一些家裏需要的東西回來。

2 馮諼到薛地後，將老百姓召集起來說：「孟嘗君體諒大家，所以特地派我來告訴大家，那些債都不用還了。」

3 說完，他從懷中掏出借據，一把火將它們全燒了。在場的百姓無不感激涕零。

④ 孟嘗君知道這件事後，十分不悅。馮諼卻說：「您不是讓我買家裏需要的東西嗎？我為您買了『義』啊！」

⑤ 一年後，齊湣（粵音敏）王繼位，孟嘗君被解除了相國之職，只好回到薛地居住。

⑥ 他的車子還未到達薛地，當地的百姓就扶老攜幼前來迎接。

⑦ 孟嘗君這才領悟到馮諼當初的用意，他激動地拉着馮諼的手說：「先生為我買的『義』，我今天算是見到了！」

8 馮諼說：「狡猾的兔子有三個洞穴，才能僥倖逃過追捕。您現在只有這一個『洞穴』，讓我再為您開鑿幾個吧！」

9 於是，馮諼又動身前往魏國，游說魏惠王聘請孟嘗君為相國。

10 經過馮諼的一番美言，魏惠王決定派使者攜帶重金前去聘請孟嘗君。

11 可是，魏國的使者一連來了三次，馮諼都讓孟嘗君不要答應。

12 齊湣王聽說此事後，意識到孟嘗君是個不可多得的人才，立即派使者攜帶千金及自己的親筆信，請孟嘗君重回齊國。

13 孟嘗君回到齊國恢復原職後，馮諼又向他提出了一個建議：請求齊湣王賞賜先王的祭器，並在薛地建造宗廟供奉。

14 因為如果薛地有先王的宗廟，日後不僅齊王不會隨便攻打薛地，在其他國家侵犯薛地時，齊湣王也會派兵保護。

15 薛地的宗廟完工後，馮諼對孟嘗君說：「現在我已經為您開鑿好三個『洞穴』了，日後您就可以高枕無憂了。」

驚弓之鳥

釋義：比喻受過驚嚇仍心有餘悸的人。

1 戰國時期，魏國有個叫更羸（粵音雷）的人，他因箭術精湛，被人們稱為「神箭手」。

2 一天，更羸陪同魏王外出遊玩。忽然，他們聽到一陣大雁的叫聲，抬頭一看，發現雁羣正列隊飛過。

3 更羸仔細觀察了一會兒，然後指着大雁說：「大王，我不用放箭，只要拉一下弓，就能射下隊伍裏最後那隻大雁。」

4 還沒等魏王回答，更羸便取下背在身後的弓，向前跨出一步，然後使出渾身力氣將弦往後拉。

5 只聽得弦「崩」的一聲響，隊伍最後的那隻大雁便奮力撲動着翅膀直往上飛，可是不一會兒，牠就一頭栽落下來。

6 見此情景，魏王驚得目瞪口呆：「想不到你的箭法已經高超到如此地步！」

7 更羸卻指着掉落在地上的大雁說：「不是我的箭術高超，而是因為這隻大雁身上原本就有傷。」

8 魏王仔細一看，果然見大雁身上的傷口還在淌血。魏王非常驚訝：「你是如何得知這隻大雁身上有傷的呢？」

9 更贏回答：「這隻大雁飛在最後，而且一直在哀鳴，我推斷牠一定受過箭傷，而且傷口還沒癒合。」

10 更贏拾起地上的大雁，接着說：「這隻大雁一聽到弓弦聲，就嚇得拼命往高處飛，結果傷口裂開，便掉了下來。」

11 魏王聽了更贏的解釋，不由得連連點頭，拍手稱讚：「想不到你箭法了得，還觀察得如此細緻入微！」

井底之蛙

釋義：井底的蛙只能看到井口那麼大的一片天。比喻見識淺陋、狹窄的人。

1 有一隻青蛙一直住在東海邊的一口枯井裏，從來沒有見過井外面的世界。牠對自己生活的地方滿意極了。

2 一天，從東海來的大海龜爬到了枯井邊，想停下來休息一會兒。

3 青蛙抬起頭，發現了海龜，開心地問：「你好，朋友，你從哪裏來呀？」海龜回答道：「你好，我從東海來。」

4 青蛙誇口說：「東海有我這裏好嗎？你看我在這裏多快樂，平時能在軟綿綿的泥漿裏散步，又能舒舒服服地泡澡。」

5 見海龜沒有吭聲，青蛙又說：「我是這個井的主人，在這裏自由自在的，你為什麼不到井裏來遊玩一番呢？」

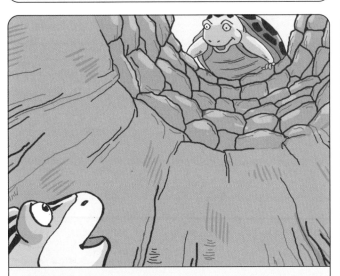

6 海龜聽了青蛙的話，說：「既然你這麼熱情，那我就進去看看吧。」

7 於是，牠輕輕地抬起左腳，跨到井裏。沒想到左腳還沒有整個伸進去，右腳就被絆住了。

8 海龜連忙後退兩步，說：「朋友，你見過海嗎？海的廣闊，哪止千里；海的深度，哪止千丈。」

9 「古時候，十年有九年發大水，但海裏的水也沒有漲多少。」

10 「後來，八年裏有七年大旱，海裏的水也不見得淺多少。」

11 「我住在這樣的大海裏，才是真的快樂呢！」井裏的青蛙聽了海龜的這番話，吃驚地愣住了，再也說不出話來。

刻舟求劍

釋義：比喻死守教條、拘泥成例，不知道跟着情勢的變化而改變看法或方法。

1 戰國時期，有個楚國人坐船渡江。船剛行駛了一會兒，他隨身攜帶的寶劍就不小心掉進了江水中。

2 船上的人急得大喊：「你的劍掉進水裏了，趕緊下水撈回來吧！」

3 楚國人卻不慌不忙地從懷裏掏出來一把小刀，在船舷上刻了一個記號，然後說：「不急，我已經做好記號了。」

④ 聽了楚國人的話，船上的人你看看我，我看看你，都覺得非常疑惑。

⑤ 眼看船快行駛到江心了，船上的人又好心提醒他：「你現在下水去找，說不定還能找回你的寶劍呢！」

⑥ 那個楚國人撫着鬍子，不緊不慢地回答：「不必擔心，記號刻在那兒呢！」

⑦ 船靠岸後，楚國人站在船上刻有記號的地方，撲通一聲跳入了江中。

8 楚國人在水底下打撈了大半天，就是不見寶劍的蹤影。

9 楚國人沮喪地回到岸上，自言自語道：「我的寶劍就是從我刻着記號的地方掉下去的，怎麼找不到呢？」

10 船夫聽到後，不禁大笑：「你的寶劍已沉入水底，可船一直在行進，按之前的記號去找，當然不可能找得到！」

11 楚國人這才恍然大悟，他拍着自己的腦袋，懊惱地說：「我真是糊塗啊！」

空中樓閣

釋義：比喻虛幻的事物脫離實際的理論、計劃等。

1 從前，在一個小村莊裏生活着一個財主，他家財萬貫，做事卻非常愚蠢，因此鬧了不少笑話。

2 有一次，他去鄰村閒逛，發現有人蓋了一座漂亮的三層小樓。他心想：要是我也有這麼好的小樓該多好啊！

3 一回到家，他就馬上派人把工匠們找來，問道：「鄰村那座三層的小樓，是你們造的吧？」

4 工匠們驕傲地回答：「是的，是我們花費了許多心思建造起來的。」

5 財主聽了非常高興，連忙說：「好極了！你們就按照它的樣子給我再造一座吧，越快越好！」

6 第二天，工匠們就開工了，他們挖土的挖土，打地基的打地基，忙個不停。

7 過了幾天，財主來工地查看進度。他東望望，西瞧瞧，問工匠們：「我的小樓呢？你們這是在幹什麼？」

8 工匠們胸有成竹地回答：「打地基啊！我們馬上就能完成了！」

9 財主一聽就生氣了：「我要你們造的是三層的小樓。我只要最上面的那一層，下面的兩層還有地基統統不要。」

10 工匠們聽了都笑作一團：「我們沒有辦法只造最上面的那一層，你自己造吧！」

11 說完，工匠們大步離開了，只留下財主傻傻地愣在原地，他到現在仍然不明白，為什麼工匠們會拒絕他的要求。

濫竽充數

釋義：比喻沒有真才實學的人混在內行人之中，也比喻以質量差的充當為好的。竽（粵音如），是古代的一種吹奏樂器。

1 戰國時期，齊國國君齊宣王特別喜歡聽樂師們一起吹竽。

2 他派人四處張貼告示，聘請會吹竽的樂師，希望能組建一支三百人的大樂隊。

3 有個叫南郭先生的人，他根本不會吹竽，但看到告示上說樂師的待遇非常優厚，所以很是動心。

4 南郭先生想盡了辦法，終於成功混進了這支新組建的樂隊中。

5 剛開始，南郭先生很擔心自己會穿幫，每次吹竽，他都緊張得兩手發抖，額頭冒汗。

6 可是，南郭先生不僅沒有露出馬腳，反而因為樂隊吹奏的樂曲符合齊宣王的心意，跟着眾人一起獲得了獎賞。

7 就這樣，南郭先生逐漸放下心來，雖然在演奏時，他還會警惕地四處張望，但不再像之前那樣緊張了。

8 幾個月後，南郭先生還是沒有被發現，他有點兒得意洋洋了。每次演奏，他都搖頭晃腦，裝出一副很在行的樣子。

9 就在他以為這輩子都能這樣混下去的時候，齊宣王離世了。齊宣王的兒子齊湣王繼承了王位。

10 齊湣王也很愛聽竽，不過他覺得合奏太吵，不如獨奏好聽。這天，他來了興致，讓樂師們一個個吹竽給他聽。

11 南郭先生急得像熱鍋上的螞蟻。後來，他趁大家不注意，灰溜溜地逃跑了。

買櫝還珠

釋義：比喻沒有眼光，取捨不當。櫝（粵音讀），意指木製的盒子。

1　從前，楚國有一位商人，經常來往於楚國和鄭國之間，做些珠寶生意。一天，他得到了一顆非常名貴的大珍珠。

2　怎樣才能將這顆珍珠賣出個好價錢呢？珠寶商人想了又想。

3　「對了，為這顆珍珠做個精緻的珠寶盒吧！這樣珍珠看上去就更加珍貴了！」商人自言自語道。

4 於是，珠寶商人馬上請來木匠，為這顆珍珠量身定做了一個珠寶盒。

5 珠寶盒終於做好了！它是用上等木料做成的，散發着獨特的香味。盒子外面雕刻有精美的花紋，還鑲嵌着玉石。

6 珠寶商人小心翼翼地把大珍珠放進珠寶盒裏，然後拿到鄭國的市集上去賣。

7 果然，這精緻的珠寶盒將珍珠襯托得更加精美華麗，路過的行人都紛紛駐足細看。

8 過了一會兒，來了一位衣着光鮮的鄭國人。他目不轉睛地盯着珠寶盒，嘴裏不停稱讚道：「不錯，真不錯！」

9 珠寶商人見到這情形，急忙向他推銷說：「您真有眼光，這可是……」

10 「哎，不用說了，我就要它了！」鄭國人說着就從懷裏掏出幾錠金子。

11 見對方出手如此闊綽，珠寶商人心裏樂開了花，忙將放着珍珠的珠寶盒遞過去。鄭國人接過盒子，滿意地走了。

12 可是，不一會兒，這位鄭國人又折了回來。他從珠寶盒中拿出珍珠，淡淡地說：「這顆珍珠我不要了。」

13 珠寶商人以為他反悔了，滿臉緊張地問：「客官，這顆珍珠可是難得的寶貝，你怎麼不要了呢？」

14 鄭國人搖着頭說：「我看中的只是這個精緻的盒子，珍珠還是留給你吧！」說完，他就揚長而去了。

15 珠寶商人望着鄭國人遠去的背影，哭笑不得，要知道那顆珍珠的價值可是珠寶盒的幾百倍呢！

盲人摸象

釋義：比喻對事物了解不全面，以偏概全，亂加猜測。

1 從前，在一個村莊裏有四個盲人，他們是非常要好的朋友。

2 這天，他們正站在村口聊天，一個馴象人牽着一頭大象從他們身邊經過。

3 這四個盲人聽說大象是一種很龐大的動物，都感到很好奇，便請求馴象人讓他們摸一摸大象。

4 馴象人把象牽到盲人面前。幾個盲人一邊伸手仔細地摸着大象，一邊驚歎：「啊，原來大象是這個樣子的……」

5 馴象人覺得很好奇，便問他們心目中的大象是什麼樣子的。

6 摸到象牙的盲人回答：「大象長得像一根又粗又長的胡蘿蔔！」

7 另一個摸到大象耳朵的盲人立刻反駁道：「不對，大象像一把大蒲扇！」

8 摸到大象尾巴的盲人叫道：「不對，不對，大象應該像一根粗繩子！」

9 摸到大象腿的盲人連連搖頭說：「大象明明就像一根圓柱子。」

10 這四個盲人都認為自己是正確的，吵個不停，但誰也說服不了誰，最後只能拉著馴象人來評判。

11 那個馴象人哈哈大笑道：「其實你們說的都不對，因為你們摸到的都只是大象的一部分。」

南轅北轍

釋義：想往南而車子卻向北行。比喻行動和目的相反。轅（粵音元），意指大車前部套在牲口左右兩邊的木頭。轍（粵音設），意指車輛駛過留下的痕跡。

① 戰國時期，諸侯國之間征戰不斷。一度稱霸天下的魏國國力日漸衰退，卻仍計劃出兵攻打趙國。

② 本來已在出使鄰邦路上的季梁聽說此事後，立即折返。他急得連衣帽都來不及整理，就前去求見魏王。

③ 季梁說：「我來的時候，遇到了一個朋友，他正駕着馬車飛跑，說是要到楚國去。」

4 「『去楚國應該往南走,你怎麼駕車朝北跑呢?』我好奇地問。朋友拍了拍他的馬,說:『不怕,我的馬跑得很快。』」

5 「我指着前面的路説:『但這不是去楚國的路啊,你的馬跑得越快,不是離楚國就越遠了嗎?』」

6 「朋友滿不在乎地回答道:『沒關係,我帶的盤纏多,足夠我路上用的。』」

7 「我越發不明白了,再次誠懇地説:『你本來要去南邊,卻朝北邊走,就算有再多的盤纏,也沒用啊。』」

8 「朋友還是固執己見，說：『你不用擔心，我的車夫很有經驗。』」

9 「最後，我只得看着他的車子遠去。他真是糊塗啊，方向錯了，他說的那幾個條件越好，就會離目的地越遠。」

10 「大王，您一心想成就霸業，現在卻仗着國大兵多，就去攻打別國，您這樣做與我的朋友有什麼區別呢？」

11 魏王聽了恍然大悟，最後下令取消了攻打趙國的計劃。

剖腹藏珠

釋義：剖開肚皮來藏珍珠。比喻為物傷身，輕重倒置。

1 唐太宗是我國唐朝時期一位開明的君主。有一次，在與群臣閒聊時，他講了這樣一個故事：

2 有一個商人偶然得到了一顆極為名貴的珍珠。他非常高興，想把珍珠帶到京城去賣掉。

3 可是，路途遙遠，商人擔心在路上會遭到強盜搶劫，就想把珍珠藏在一個足夠安全的地方。

4 放在行李箱中，還是放在口袋裏呢？他想了大半天，也不知道究竟把這顆珍珠藏在哪裏，才能保證萬無一失。

5 正當他不知道該怎麼辦才好時，外面忽然走過一名挺着大肚子的孕婦。他靈機一動，頓時有了一個主意。

6 他找來刀子，忍痛剖開了自己的肚子，然後把珍珠放進去藏好，再用針線縫上。

7 一路上，珍珠果然穩當地藏在商人的肚子裏，不過他的傷口一直在流血，他的臉色越來越蒼白。

8 還沒走到京城，商人就因旅途勞累、失血過多而死了。

9 講完故事，唐太宗問：「你們認為真有這樣愚蠢的人嗎？」大臣們聽了紛紛搖頭。

10 唐太宗又說：「有些官員因貪圖錢財而喪命，有些皇帝因貪圖享樂而亡國，這不是跟那個商人一樣愚蠢嗎？」

11 大臣們聽了，這才恍然大悟，在一旁連連點頭稱是。

奇貨可居

釋義：把稀有的貨物囤積起來，等待高價出售。也比喻憑藉某種獨特的技能或事物謀利。

1 戰國時，商人呂不韋到趙國都城邯鄲做生意。一天，他在街上看到一個氣度不凡的青年，原來是秦昭王的孫子異人。

2 原來異人是庶出子孫，一直以人質的身分生活在趙國。他時刻在趙王的嚴密監視下，生活非常窘迫，經常食不果腹。

3 得知這一情況，呂不韋心想：異人現在雖然落魄，但他就像一件稀有的貨物，可以先「囤積」起來，以待高價。

④ 於是，呂不韋拿了一大筆錢，買通監視異人的趙國官員，終於得見異人。

⑤ 一見異人，呂不韋就表示自己可以想辦法讓他回到秦國，並且成為太子。

⑥ 異人又驚又喜，握着呂不韋的手激動地說：「如果真有那麼一日，我一定會重重酬謝您的！」

⑦ 不久，呂不韋趕到秦國，用重金賄賂了異人的父親安國君的親信，通過他們來說服安國君，把異人贖回了秦國。

8 接着，呂不韋又給安國君最寵愛的華陽夫人送了大量的珍寶。華陽夫人沒有兒子，呂不韋便趁此機會勸說她收異人為兒子。

9 在古代，母憑子貴。為鞏固自己的地位，華陽夫人答應了呂不韋。她不時在安國君面前稱讚異人，助力其繼位。

10 公元前251年，秦昭王去世，安國君即位，史稱孝文王。異人被立為太子。

11 沒過多久，孝文王就死了，異人繼承了王位，是為莊襄王。莊襄王感念呂不韋的恩情，封他為相，還賞賜給他大量的封地。

騎虎難下

釋義：比喻做事遇到困難，但迫於形勢又不能終止。

1 東晉時期，將領蘇峻和祖約發動叛亂，率軍攻入了都城建康。

2 叛軍進城後，大肆燒殺搶掠，鞭打朝廷大臣，還將八歲的晉成帝軟禁在石頭城。

3 遠在武昌的江州刺史溫嶠聽說都城建康危急，急忙率軍前去救駕，不料才行軍到半路，就聽到了建康淪陷的消息。

④ 溫嶠心急如焚，經過多番考慮，他派人帶書信去勸説荊州刺史陶侃（粵音罕）共同起兵，討伐叛軍。

⑤ 陶侃被溫嶠的誠意感動，立即領兵進發，星夜兼程，與溫嶠會合。

⑥ 溫嶠推舉陶侃為聯軍盟主，共同對敵。然而由於叛軍人多勢眾，聯軍接連打了幾場敗仗，軍中的糧食也快沒有了。

⑦ 接連失利，陶侃心生怯意，他對溫嶠説：「當初起兵，你説一切安排妥當，可現在糧草都供應不上，不如撤兵吧。」

8 溫嶠連忙勸說道：「我們現在處境不利，如果退兵，叛軍就會乘機追上來，我們很難抵抗。」

9 見陶侃在猶豫，溫嶠又說：「現在我們就像騎在老虎的背上，不打死牠，我們就無法下來，所以我們一定不能放棄。」

10 陶侃覺得溫嶠說得有道理，就重新整頓軍隊，率領士兵向叛軍發動更猛烈的攻勢。

11 最後，戰鬥形勢很快被扭轉過來。聯軍殺死了蘇峻，一鼓作氣攻下了石頭城，救出了晉成帝。

騎驢找驢

釋義：比喻東西就在身邊，還到處找。也比喻一面佔據已有的，一面找更好的。

1 從前，有個叫王三的人。他靠養驢為生，為人忠厚老實，但處事糊塗。

2 一天，王三準備趕五頭驢去市集上賣。出門前，他把驢數了一遍，然後騎着其中一頭就上路了。

3 一路上，他騎着驢哼着小曲兒，真是愜意極了。

4 走了一會兒，他突然停下來，想看看有沒有驢掉隊，就數了起來：「一、二、三、四……咦，怎麼少了一頭？」

5 他急忙跳下來，又數了一遍：「奇怪，怎麼又有五頭了？」原來，他剛才忘了數自己騎着的那頭驢了。

6 他又騎上驢趕路。過了一會兒，他又擔心有驢掉隊，就再數了一次。結果，這次他發現又少了一頭。

7 「難道我剛才數錯了？真的有一頭驢掉隊了？」他一邊自言自語，一邊坐在驢上四處張望。

8 遠遠地，他看見鄰村的李四正拉着牛車從後面趕上來。

9 「我趕着五頭驢出門，有一頭不見了，你有看見嗎？」王三滿臉着急地問李四。

10 李四奇怪地看着王三說：「加上你騎着的那頭，不正好是五頭嗎？」

11 王三這才恍然大悟，他難為情地撓着腦袋說：「哎呀，我真是老糊塗了！」

杞人憂天

釋義：借指不必要的或沒有根據的憂慮。

1 古時候，杞國有一個膽子特別小的人，他不僅害怕鳥獸蟲魚，還常幻想一些離奇古怪的事情，把自己嚇得不行。

2 一天，他坐在門前望着天空發呆。「天真高啊，如果天塌下來了，我豈不是無路可逃？」想到這兒，他開始緊張起來。

3 他越想越害怕，從那以後，再美味的食物擺在他面前，他都無心品嘗了。

4 夜晚躺在牀上，他甚至都不敢合眼，總是時刻豎起耳朵聽外面是否有天塌下來的聲音。

5 就這樣，他越來越憔悴。他的朋友聽說這件事後，非常擔心，便跑來開導他。

6 朋友說：「天不過是一團聚集起來的氣體，是不會坍塌的。」

7 杞國人一聽，吃驚地瞪大眼睛說：「如果天只是氣體，那太陽、月亮和星星不會掉下來嗎？」

8 朋友連連擺手，說：「太陽、月亮和星星只是氣體中會發亮的部分，即使掉下來，也不會傷到人。」

9 杞國人聽了長長舒了一口氣，但沒過一會兒，他又猛然想到一個問題：「那要是我們腳下的大地崩塌了怎麼辦？」

10 朋友只好再解釋說：「地是堆積在一起的大土塊，到處都是，你每天都踩在上面，為什麼還要擔心它會崩裂呢？」

11 杞國人聽了，這才拋去憂慮，高興起來。朋友見他不再胡思亂想，也終於放下心來。

黑驢技窮

釋義：比喻僅有的一點本領也用完了。黔（粵音拑），意指現在貴州一帶的地名。

1 從前，黔那個地方原本是沒有驢的，有一個人用船運了一頭驢過來。

2 後來，那個人覺得這頭驢沒有什麼用處，便把牠放到一座山的山腳下。

3 這座山中有一頭兇猛的老虎，牠見驢長得奇怪又高大，便躲在樹叢裏偷偷觀察。

4 驢在這座山中真是自在舒服極了，每天餓了就在草地上悠閒地吃草，絲毫沒發現自己已經被老虎盯上了。

5 這一天，驢吃完草後，滿足地昂起頭來大叫了幾聲。

6 聲音很大，躲在樹林裏的老虎以為驢在警告自己，嚇得直哆嗦。

7 過了一會兒，一隻小蜜蜂繞着驢的腿飛來飛去。驢生氣地踢了幾下後腿，想把那隻煩人的小蜜蜂趕走。

8 老虎見了，吃驚地瞪大了眼睛，心想：這傢伙好像還挺有力氣！

9 老虎一連觀察了好幾天，發現這頭驢好像除了會大叫幾聲、踢幾下後腿以外，並沒有什麼別的本事。

10 於是，老虎不那麼害怕驢了，開始一步一步、小心翼翼地靠近驢。

11 驢見老虎竟然敢佔據自己的地盤，沒把牠放在眼裏，只不滿地朝老虎嘶叫了一聲。

12 老虎早就見慣了這種伎倆，牠越發大膽起來，昂頭挺胸大步走到了驢的面前。

13 驢對自己很有信心，一邊大叫着，一邊使勁地朝老虎踢了一腳。

14 老虎躲開了驢的蹄子，輕蔑地說：「你就這點兒本事了，我才不怕你呢！」

15 說完，老虎猛地撲上去，三兩口就把那頭自以為是的驢咬死了。

曲突徙薪

釋義：把煙囪改成彎的，把灶旁的柴草搬走。比喻事先採取預防措施，以防發生災禍。

1 從前，有個人建好新房子後，邀請朋友到家中做客。朋友十分高興，裏裏外外地參觀，不住地讚歎新房子結實漂亮。

2 最後，朋友來到廚房，看到灶上的煙囪筆直地通往屋頂，灶邊還堆滿了柴草，他不由地皺起了眉頭。

3 主人忙問有什麼問題。朋友說：「你的廚房有火災隱患，應該把煙囪改砌成彎曲的，把柴草搬遠一點。」

④ 聽到朋友說房子會發生火災，主人有點不高興，敷衍地點頭稱是，心裏根本不把朋友的話當作一回事。

⑤ 沒過幾天，這個人的新房子真的着火了，而大火正是從廚房燒起來的。原來，下人做飯時，不小心引燃了灶旁的柴草。

⑥ 大火越燒越旺，主人和家人好不容易才從大火中逃出來。看着辛辛苦苦建成的新房子被大火吞噬，主人急得號啕大哭。

⑦ 鄰居們發現房子着火了，急忙來救火。一桶又一桶水，從眾人手中接力，潑向大火。不一會兒，大火被撲滅了。

8 房子重新修茸後，主人殺雞宰羊，大擺宴席，請來之前幫忙救火的鄰居，以示感激。

9 在宴席上，主人滿臉懊惱地說起房子剛建好時，有朋友建議自己改煙囪、移柴草的事情。

10 一位鄰居提醒他：「你把幫忙救火的都請來了，怎麼忘了請那位朋友呢？如果當初按他說的做，就不會有火災了。」

11 主人一聽，覺得非常有道理，馬上派人去請那位朋友，並讓他坐在了首席。

塞翁失馬

釋義：比喻雖然一時受到損失，但也許能因此得到好處，壞事變成好事。塞（粵音菜）翁，意指住在邊塞的老人。

1 從前，和胡人交界的邊塞地區住了很多人，其中有一個老人，養了一匹馬。

2 一天，老人的馬無緣無故跑到胡人的駐地去了。

3 村民們紛紛前來安慰老人。老人卻滿不在乎地說：「沒關係，這也許是一件好事呢！」村民們聽了，都摸不着頭腦。

4 過了幾天，老人跑丟的馬竟然自己回來了，而且還帶回了一匹駿馬。

5 村民們知道後，都跑來向老人祝賀，還稱讚他之前說的話很有道理。

6 可是，老人卻面露愁容，說：「還是先別高興得太早，說不定這是一件壞事呢！」村民們聽了，都覺得非常奇怪。

7 老人的兒子非常喜歡騎馬，對那匹意外得到的駿馬更是喜愛有加，每天都騎着牠到處遊玩。

8 這天，老人的兒子照常騎着那匹駿馬在山間馳騁。不料，馬忽然被地上的石頭絆倒了，他從馬上跌落下來，摔斷了腿。

9 村民們聽說後，又前來安慰老人。老人卻説：「這可能是一件好事呢！」村民們都覺得他在胡言亂語。

10 過了一段時間，胡人攻打邊塞，官府貼出告示，要求村子裏健壯的男子都必須上前線與胡人作戰。

11 戰爭持續了很長時間，去前線的人死的死，傷的傷，只有老人的兒子因為殘疾沒辦法上戰場而保全了性命。

守株待兔

釋義：比喻希望不經過努力就獲得成功的僥倖心理，也比喻死守狹隘經驗，不知變通。

1　春秋時期，宋國有一個勤勞的農夫，他每天起早貪黑到田裏幹活。

2　田邊有一棵枝繁葉茂的大樹，每次幹活累了，農夫都會到樹下休息一會兒。

3　一天，農夫正在田裏幹活。忽然從田邊的草叢中躥出一隻兔子。

④ 只見那隻兔子猛地一跳，竟一頭撞到了田邊的那棵大樹上。

⑤ 兔子痛苦地掙扎了一會兒，最後兩腿一蹬，死了。「啊，竟有這等好事！」農夫說着興奮地撿起了兔子。

⑥ 「回家去了，今晚可以給兒子做一頓好吃的了。」農夫說完，扛着鋤頭，哼着小曲兒，高高興興地回家了。

⑦ 這天晚上，農夫和家人煮了兔肉，吃了一頓豐盛的晚餐。

8 第二天，農夫又早早地來到田裏。「要是今天又有兔子撞死在樹上，該多好啊！」農夫一邊說，一邊回味着昨天的晚餐。

9 想到這兒，農夫開始東張西望起來，希望可以看到兔子的身影。

10 可是，四處靜悄悄的，只能看到不遠處有幾個鄰村的農夫在地裏幹活，哪有什麼兔子啊！

11 很快一個上午過去了，農夫連兔子的影子都沒見到，更別說撿到撞死的兔子了。

12 一直等到了傍晚，農夫才扛着鋤頭，垂頭喪氣地回家去了。

13 接下來的日子，他還不死心，每天就坐在樹底下想着：今天會有兔子出現吧？

14 農夫等啊等，從早上等到晚上，從春天等到秋天，可是始終不見有兔子送上門來。

15 就這樣，他再也沒理會過田裏的莊稼。田裏的野草長得都比莊稼高了，年底的收成也沒有指望了。

熟能生巧

釋義：熟練了就可以掌握技巧或找到竅門。

1 從前，有個叫陳堯諮的人，他是個射箭高手，很少有人能比得過他。為此，他非常驕傲自滿。

2 一天，陳堯諮在自家門口練習射箭。他射出的每一箭都正中靶心，圍觀的人都忍不住齊聲喝彩。

3 人羣中站着一個賣油的老人，他放下肩挑的油擔，默默地看了很久，每次見陳堯諮射中靶心，都只是輕輕地點點頭。

4 陳堯諮看到老人這副神態，有點兒不高興，他傲慢地說：「老先生莫不是對我的箭法不滿意？」

5 老人笑着回答：「箭法不錯，但也沒什麼了不起的，不過是射多了，熟練而已。」

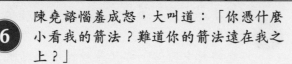

6 陳堯諮惱羞成怒，大叫道：「你憑什麼小看我的箭法？難道你的箭法遠在我之上？」

7 老人沒有回答，只是把他隨身帶的葫蘆放在地上，然後從身上拿出一枚銅錢放在葫蘆口。

8 接着，他又從油桶中舀出一勺油，慢慢地往葫蘆裏倒。只見油從銅錢孔流進了葫蘆裏，銅錢上竟然沒有沾上一滴油。

9 陳堯諮和圍觀的人看得目瞪口呆，老人卻淡淡地説：「這也沒什麼了不起的，只是熟練罷了。」

10 説完，老人俯身取回葫蘆和銅錢，挑起油擔，大步離開了。

11 陳堯諮望着老人的背影，難為情地撓着腦袋，一句話也説不出來。

水中撈月

釋義：比喻去做根本做不到的事，白費力氣，毫無成果。

1 樹林裏住着一羣猴子，牠們每天都在一起快樂地嬉戲玩耍。

2 這天，夜幕降臨，又大又圓的月亮慢慢升上了半空。「多美的月亮啊！」小猴子坐在樹梢上仰頭感歎道。

3 過了一會兒，小猴子輕輕地從樹上跳到了井口邊玩耍。

④ 小猴子玩得正起勁，一低頭卻看見天上的月亮竟然在井裏。「糟糕！月亮怎麼掉到井裏啦？」小猴子驚叫道。

⑤ 附近的猴子聽到小猴子的叫喊後，也急急忙忙地跑了過來。

⑥ 牠們往井裏一瞧，果然見水面上有一輪又大又圓的月亮！

⑦ 猴子們都吃了一驚，開始七嘴八舌地討論起來：「我們得把月亮從井裏撈上來，要不然以後夜晚就沒有亮光了。」

8 其中一隻猴子問：「那你們有什麼好辦法嗎？」猴子們聽了，都為難地抓耳撓腮。

9 一隻老猴子看着井邊的大樹發愣，忽然，牠大叫一聲：「有了，我有辦法了！」

10 旁邊的猴子聽到牠這麼說，立刻圍了上去，嘰嘰喳喳地問老猴子有什麼好主意。

11 「這不是有棵樹嗎？我們一個接一個抓住尾巴倒掛在樹上，再垂到水面上，就能把月亮撈起來了。」老猴子自信滿滿地說。

12 老猴子將森林裏的猴子都召集起來，讓牠們一個接一個從樹上倒掛下來。撈月亮的任務就交給掛在最低處的那隻小猴子。

13 小猴子深吸一口氣，然後伸手去撈水中的月亮。誰知手剛剛碰到水面，月亮就被「抓」破了。猴子們嚇得哇哇大叫。

14 這時，最上面的那隻猴子抬頭看了看天空，不禁大喊：「別慌！月亮還好好地掛在天上呢！」

貪小失大

釋義：指因貪圖小利而造成重大損失。

1 戰國時期，蜀國沃野千里，物產豐富，奇珍異寶更是數不勝數。但蜀侯卻是一個貪財好色、貪得無厭之徒。

2 蜀國的近鄰秦國一直想吞併富庶的蜀國，但礙於蜀國地勢險峻、道路崎嶇，不好攻打，所以遲遲沒有動手。

3 有一個謀士知道蜀侯是個貪圖小利之人，便向秦惠文王獻了一個計策，惠文王覺得很妙，下令馬上實施。

4 沒過多久，石匠們依照命令，用大石頭鑿了一批栩栩如生的石牛。

5 秦惠文王命人把石牛放在通往蜀國的路上，並不斷推着它們向前移動。他還派人在石牛經過的路上放置一塊塊黃金。

6 不知情的百姓看到路上的黃金，都紛紛傳言：黃金是石牛拉出來的牛糞。

7 安排好這一切後，秦惠文王便派使者前往蜀國。使者向蜀侯表示，秦國願與蜀國交好，並贈送其可產黃金的石牛。

8 蜀侯早就對傳言中產黃金的石牛垂涎欲滴，聽到使者這麼說，頓時心花怒放，忙問石牛何時送到。

9 使者裝作為難的樣子說：「我們也想儘快將這批寶物送到大王手中，無奈貴國道路險峻，沒有一年半載都無法送達啊！」

10 使者走後，蜀侯焦急地在宮殿中踱來踱去，最後他做了一個決定：徵集勞役，修建道路，迎接石牛。

11 大臣們勸阻道：「蜀國因地勢險要，易守難攻，才能抵擋外敵入侵。如果開山修路，將給蜀國帶來無窮禍患啊！」

12 可是，蜀侯早已財迷心竅，哪裏還聽得進這些勸諫呢？

13 就這樣，蜀國數萬民夫被迫背井離鄉，日夜為蜀侯開鑿山道。

14 道路終於修好了，秦惠文王立即組織兵馬，以護送石牛為名，尾隨進蜀。

15 護送石牛的秦國兵馬一到蜀國，便刀槍齊舉，將蜀國攻佔了。蜀侯為了貪圖小利，最後連國家都失去了。

螳螂捕蟬

釋義：比喻有些人目光短淺，一心想暗算他人，卻沒想到有人在暗算自己。

1 春秋時期，吳王想攻打楚國。大臣們認為，雖然攻打楚國的勝算很大，但如果別國乘機攻打吳國，後果將不堪設想。

2 吳王見大臣們都不支持自己的決定，便生氣地說：「我已經下定決心攻打楚國，誰敢再勸阻，我就處死他！」

3 大臣們聽到吳王這麼說，都面面相覷，不敢再多說一句。

4 有個侍從也想勸阻吳王，但又不敢直說。於是，他每天早上拿着彈弓在王宮的花園裏轉悠，露水打濕了衣衫也毫不在意。

5 吳王一連三天見他這樣在花園裏轉悠，十分納悶，便問他：「你為什麼每天都這麼早跑到花園裏來？」

6 侍從畢恭畢敬地答道：「大王，我在打鳥兒。」「哦，那你打到鳥兒了嗎？」吳王又笑着問。

7 侍從搖搖頭說：「鳥兒沒有打着，但我發現了一件有意思的事情。」吳王忙問：「什麼事情啊？說來聽聽。」

8 侍從説：「花園裏有一棵樹，樹上有一隻蟬。蟬在樹上一邊鳴叫，一邊喝着露水，可是牠不知道自己身後躲着一隻螳螂。」

9 「螳螂躬着身子，準備去捉蟬，卻不知道這時飛來了一隻黃雀。黃雀正伸長着脖子，準備去啄食螳螂。」

10 「黃雀只看到螳螂，不知道我在樹下要射牠。蟬、螳螂、黃雀都只看到眼前的利益，而沒有注意到身後的危險。」

11 聽了侍從的這番話，吳王恍然大悟，頻頻點頭説：「你説得非常有道理！」於是，他立即下令，取消了攻打楚國的計劃。

亡羊補牢

釋義：比喻出了問題後及時補救，可避免再次出現類似情況。

1 古時候，有個牧羊人養了一羣羊，他每天都把羊趕到山坡上吃草。

2 有一天，牧羊人去羊圈看羊時，發現羊圈的圍欄鬆動了。

3 他的鄰居見了，忙勸他說：「最近夜裏有狼在村裏四處亂竄，叼走了不少禽畜，快把你的羊圈修好吧！」

4 牧羊人卻不以為然地說：「沒關係，狼哪有那麼容易就把羊叼走呢？」

5 沒想到，第二天早上，牧羊人到羊圈一看，真的少了一隻羊。羊圈破了一個窟窿，地面上還有狼的足跡。

6 鄰居看到了，又勸他：「趕緊把羊圈補一補，堵上那個窟窿吧！」

7 牧羊人歎了一口氣說：「羊已經丟了，現在修羊圈有什麼用呢？」

8 第三天早上，牧羊人來到羊圈，照例數了數，發現又有一隻羊不見了。

9 他心疼極了，坐在地上大哭起來。他的鄰居聽到後，趕過來勸他說：「現在最重要的是把羊圈修好，防止狼今後再來啊！」

10 牧羊人聽了，馬上找來工具，把羊圈上的窟窿仔細地補好了。

11 果然，從那以後，牧羊人再也沒有丟失過一隻羊。

望洋興歎

釋義：原指在偉大事物面前感歎自己的渺小，現比喻因達不到目標而無可奈何。

1 傳說，黃河裏住着一位河神，人們都尊稱他為河伯。黃河由千百條江河匯聚而成，河伯對自己管轄的黃河非常滿意。

2 秋天，黃河水暴漲，淹沒了河中小洲和岸邊的沙灘，河面變得更寬闊，站在對岸，連牛馬那麼大的牲畜都辨別不清。

3 河伯站在黃河邊，看見如此壯闊的景色，不禁感歎道：「天下的美景都聚集在這裏了，沒有什麼比黃河更寬廣的了。」

4 一位老者聽到河伯的話，連連搖頭說：「不對，在黃河的東面有一個北海，它比黃河要寬廣得多，景色也要壯美得多。」

5 河伯聽了，怒氣沖沖地說：「一派胡言，北海再大，能大得過黃河嗎？」

6 老者說：「將幾條黃河的水注入北海，也無法將它填滿。」河伯又驚訝又生氣，爭辯不過老者，只得拂袖而去。

7 過了幾天，河伯的怒氣消了，他決定去老者說所的北海一探究竟。

8 他沿着黃河一路向東，不久便來到了入海口，放眼望去，只見北海無邊無際，白浪滔天。他不由得愣住了。

9 這時，海神北海若熱情地上來迎接，河伯這才回過神來，向他鞠躬行禮。

10 河伯指着眼前的大海，慚愧地說：「我以前以為黃河浩瀚無比，今天到了北海，才發現自己多麼孤陋寡聞。」

11 北海若也撫着鬍鬚感歎道：「一直固守在自己的天地，就難以看到更寬廣的領域。應該時刻警醒，不妄自尊大啊！」

為虎作倀

釋義：比喻幫助惡人作惡，充當惡人的幫兇。倀（粵音昌），意指被虎咬死的人，相傳靈魂將為虎所役使。

1 相傳，在一個山洞裏，住着一隻兇猛無比的老虎，山林中的小動物都陸陸續續被牠吃光了。

2 有一天，老虎因為沒有食物充饑，出洞到附近的山野去獵取食物。

3 在半山腰，老虎看見一個樵夫走了過來。樵夫背着一大捆柴草，只顧着低頭趕路，完全沒注意到對他垂涎欲滴的老虎。

4 老虎心中一陣狂喜，猛地撲過去，把樵夫一口咬死了。

5 樵夫死後，魂魄飄離了軀體。正當這個魂魄要離開時，老虎用爪子一把將他按在了地上。

6 那個魂魄吃了一驚，連連求饒：「虎大哥，我的肉身都被你吃了，你還不肯放過我這個魂魄嗎？」

7 老虎齜牙咧嘴地說：「我已經一連餓了好幾天了，好不容易才嘗到肉的滋味。你不幫我抓一個人嘗嘗，就休想跑！」

8 為了擺脫老虎的糾纏，那個魂魄只得哭喪著臉點頭答應了。

9 那個魂魄整日在山中遊蕩，他飄飄蕩蕩地走在老虎前面，幫老虎打探前方的情況。

10 每當遇到獵人布下的陷阱時，他都會提醒老虎注意小心繞開。

11 好幾天過去了，那個魂魄終於發現了一個獨自趕路的行人。一想到馬上就能重獲自由，他不禁心花怒放。

12 他迅速地飄過去，將那個行人一把抓住，然後解開那人的衣帶，好讓老虎吃起來更方便一點兒。

13 那個可憐的行人還沒明白發生了什麼事兒，就被猛撲上來的老虎一口咬死了。

14 飽餐一頓後，老虎滿意地放那個魂魄走了，然後又抓住了剛被牠吃掉的那個行人的魂魄，讓他為自己找下一個獵物。

15 附近的百姓聽說這件事後，都大為震驚，把專門幫助老虎吃人的魂魄稱為倀鬼。為安全起見，此後他們上山都結伴而行。

掩耳盜鈴

釋義：比喻自己欺騙自己，明明掩蓋不住的事偏要想法子掩蓋。

1 從前，有一戶大戶人家的門前掛着一口大鐘。這口大鐘是用上等的青銅鑄成的，上面還雕有精美的花紋。

2 有一個小偷每天都在這戶人家門前徘徊，想神不知鬼不覺地將這口大鐘偷走。

3 最初，小偷想偷偷地把鐘背走。但這口鐘又大又沉，肯定會把他壓垮。

4 後來，他又想用錘子把那口大鐘敲碎，再一塊塊地搬走。

5 可是，用錘子敲鐘，肯定會發出巨大的聲響，如果主人聽到聲音追出來，那小偷肯定逃不掉。

6 怎樣做才能不讓別人聽到鐘聲呢？小偷思來想去，終於想到了一個好主意：「如果我把耳朵堵上，不就聽不到聲響了嗎？」

7 於是，他找來兩塊棉布，堵住了自己的耳朵，然後得意洋洋地拿着錘子，走到大鐘跟前。

8 他使出渾身力氣，將錘子向大鐘砸去。「咣」，大鐘發出一聲巨響，可他卻一點兒也沒聽見。

9 「這個辦法果真有用！」小偷高興極了，更加賣力地砸鐘，希望儘快把它砸碎搬走。

10 可是，他還沒有砸幾下，就感覺胳膊被人牢牢抓住了。

11 他回頭一看，發現是大鐘的主人，嚇得連忙丟掉了手裏的錘子。「你……你是怎麼發現我的？」小偷結結巴巴地問。

12 主人一把扯下他塞在耳朵裏的棉布，大聲呵斥道：「你把鐘砸得震天響，還以為別人都聽不到嗎？」

13 小偷卻指着自己的耳朵說：「可是我明明把耳朵堵上了，聽不見鐘響了啊！」

14 主人聽了，不禁哈哈大笑道：「你堵住的是自己的耳朵，別人的耳朵還是能聽見聲音的啊！」

15 小偷這才明白自己有多愚蠢，最後他只得垂頭喪氣地被官府趕來的衙役押走了。

養虎遺患

釋義：比喻庇護或寬容壞人，由此種下禍根，使自己或他人受其禍害。

1 很久以前，有個獵人和同伴上山打獵時，遇到了一隻老虎。這隻老虎非常兇猛，他們費了九牛二虎之力才將牠打死。

2 獵人和同伴循着老虎的足跡，在一個深山洞穴裏發現了一隻小虎崽。

3 小老虎才剛剛睜開雙眼，毛茸茸、胖乎乎的，十分可愛。獵人頓時生出了憐愛之心，不顧同伴的勸阻，把牠帶回家。

4 獵人本來還擔心家人會反對他養這隻小老虎，沒想到妻子和孩子看到小老虎後，都非常喜歡，還搶着抱牠在懷裏玩。

5 就這樣，小老虎在獵人家住下了。在獵人一家的精心照料下，小老虎漸漸長成了一隻威風凜凜的大老虎。

6 這隻大老虎並不傷人，吃飽了便在村裏村外閒逛，逛累了就找片樹蔭趴下睡大覺。

7 剛開始，村民還有點兒怕這隻大老虎，後來見牠如此溫馴可愛，便慢慢對牠放鬆了警惕，還時常上前憐愛地撫摸牠。

8 時光飛逝，冬去春來，冰雪消融，又到了一年中捕魚的大好季節。獵人告別家人，帶着捕魚工具出了門。

9 獵人和村裏的青壯年沿河捕魚，一連在外面忙碌了幾天，收穫頗豐。

10 他迫不及待地想與家人團聚，便與捕魚的同伴告別，率先踏上了回家的路。

11 走到村口，他忽然有一種異樣的感覺，因為整個村莊靜悄悄的，不見一個人影。

12 終於走到了家門口，他高興地喊着妻子和兒子的名字，卻沒有人答應，而且大門大開着，地上還有好幾灘血。

13 這時，他聽見身後有猛獸的喘息聲，回頭一看，正是自己養的那隻老虎。目露凶光，嘴角還殘留着血漬。

14 他這才明白過來，原來家人都被老虎吃了，村裏的人估計也凶多吉少。

15 他嚇得渾身發抖，拔腿就跑，可是已經遲了，那隻老虎猛地朝他撲去，幾口就把他吃掉了。

葉公好龍

釋義：比喻表面上喜愛某種事物，實際上並不真正喜愛它，甚至畏懼它。

1 春秋時期，楚國葉縣有一個名叫沈諸梁的縣令，大家都叫他葉公。葉公非常喜歡龍，逢人就感歎龍的神勇威武。

2 家中修房子的時候，葉公讓工匠在牆壁和柱子上雕刻了各式各樣的龍的圖案。

3 他家裏的酒壺、酒杯上也都刻滿了龍。葉公還不滿意，又讓人在他的衣服上繡了龍的花紋。

④ 天上的真龍聽說此事後，非常感動，決定去人間看看葉公到底有多喜歡龍，順便向他表達一下謝意。

⑤ 這天中午，葉公正在家中工作，忽然外面電閃雷鳴，大雨傾盆。

⑥ 葉公想去關上窗戶，卻見窗外有一條龍正瞪大眼睛往屋內看，他不由得愣住了。

⑦ 「葉公，聽說你很喜歡我，我特意前來拜訪。」真龍誠懇地說。葉公這才反應過來，嚇得魂飛魄散，拔腿就跑。

8 葉公一路大叫着「怪物」，向客廳逃去，可是一條巨大的龍尾擋住了他的去路，他嚇得兩腿一軟，便倒在地上，不省人事。

9 真龍打量着昏過去的葉公，自言自語道：「葉公明明說喜歡我，為什麼我出現他不覺得高興，反而這樣害怕呢？」

10 「原來他不是真的喜歡龍。」真龍終於想明白了。牠覺得很掃興，便搖搖頭，騰雲飛走了。

11 自那以後，葉公再也不敢說自己喜歡龍了，還命下人把家裏與龍有關的裝飾都統統換掉。

夜郎自大

釋義：比喻人無知而又狂妄自大。

1 漢朝時，貴州有個叫夜郎的小國。由於它比鄰近的國家都要大，所以夜郎國王一直以為自己的國家是最大的。

2 事實上，夜郎只有漢朝的一個縣那麼大。但這個國王沒什麼見識，還時常得意地問大臣們，世上是否有比夜郎更大的國家。

3 大臣們為了討好夜郎國王，都異口同聲地說：「世上哪裏還會有比夜郎更大的國家呢？就連漢朝也不及我們的十分之一！」

4 夜郎國王聽了這些奉承話非常高興，從此越發地驕傲自大起來。

5 有一年，漢朝派使臣唐蒙前來訪問夜郎國。為了向他展示自己「廣闊」的疆域，夜郎國王便邀請他一同去巡視。

6 當他們走入擁擠喧鬧的市場時，夜郎國王驕傲地對唐蒙說：「貴國人口沒有這麼稠密吧！」唐蒙愣了一下，但沒有說話。

7 當他們來到邊境時，夜郎國王又問：「貴國的土地有我國這麼廣闊嗎？」唐蒙笑了笑，沒有回答。

8 走着走着，夜郎國王望着前方的高山問：「貴國有比這還高還大的山嗎？」唐蒙臉上滿是不屑，但還是沒有出聲。

9 後來，他們來到一條小河邊，夜郎國王又說：「大概世上沒有比這更長的河了吧？」

10 唐蒙實在忍不住了，反駁道：「大王，恕我直言，貴國還沒有大漢的一個縣大。大漢疆域縱橫萬里，山川河流數不勝數。」

11 夜郎國王哪裏見過這麼大的國家？聽到唐蒙這麼說，他驚訝得半天都合不攏嘴。

一葉障目

釋義：比喻被局部現象迷惑，認不清根本、全局的問題。

1 從前，楚國有個窮困潦倒的書生，他不好好讀書，卻整天指望利用歪門邪道來發財。

2 這天，他在一本書上看到這樣的介紹：螳螂藏身的葉子具有隱身功能，如果人躲在葉子後面，別人就會看不見他。

3 書生想：如果我能得到這樣一片葉子，那這輩子也不愁吃喝了。

4 於是，他將讀書、考取功名這些事都拋之腦後，每天到樹林裏亂走，希望能找到那樣一片神奇的葉子。

5 一天，他遠遠望見樹上有一隻螳螂，而且螳螂就躲在一片葉子後面。他高興極了，連忙爬上樹去摘那片葉子。

6 可是，他太激動了，一不小心就把摘到的葉子弄掉了。那片葉子飄落下來，與滿地的落葉混在了一起。

7 書生只得拿來一個簸箕，把地上的落葉全部收集起來帶回家。

8 他決定一片一片地試驗，找出那片能隱身的葉子。回到家裏，他舉起一片葉子問妻子：「你能看見我嗎？」

9 妻子正在做家務，她莫名其妙地看了丈夫一眼，然後答道：「看得見。」

10 書生聽她這麼説，又換了一片葉子問：「現在呢？你能看得見我嗎？」

11 妻子還是説看得見。於是，他一次次地問，妻子一遍遍地回答。最後妻子厭煩了，隨口答道：「看不見，看不見！」

12 書生一聽樂壞了，急匆匆地拿着那片葉子出了門。

13 他來到一家店鋪前，用樹葉擋住自己的眼睛，伸手拿起店裏的東西就走。原來，他是想利用這片葉子去偷東西。

14 掌櫃見書生竟敢在光天化日之下行竊，非常震驚，立即將書生抓住，送到官府。

15 這下，這個貪婪的書生只能在大牢裏繼續做他的發財夢了。

飲鴆止渴

釋義：原意是喝毒酒解渴。比喻不顧後果地運用錯誤的方法來解決眼前的困難。鴆（粵音朕），意指毒酒。

1 東漢時，有個叫霍諝（粵音須）的人，他飽讀詩書，而且很有膽識。

2 霍諝的舅舅宋光在郡裏當官，為人正直，秉公執法，很受百姓愛戴。

3 但也正因為這樣，宋光得罪了許多權貴。沒過多久，宋光就因被人誣告改寫朝廷詔書而關進了監獄。

4　霍諝深知舅舅的為人，知道他不可能幹出這種弄虛作假的事情。可怎樣才能救出舅舅呢？霍諝急得在屋裏踱來踱去。

5　忽然，他想到了一個人——大將軍梁商。此人是皇帝親屬，而且很有權勢，如果他能出面幫舅舅，那舅舅就有救了。

6　想到這兒，霍諝立即端坐提筆，給大將軍梁商寫了一封信，為舅舅申冤。

7　當時有一種有名的毒酒——鴆酒。是以鴆鳥（一種毒鳥）的羽毛浸泡而成，飲之可令人立即斃命。

8 霍諝在信中寫道：「宋光身為州郡長官，一向奉公守法，怎麼會冒死篡改詔書呢？這就好比人口渴難耐時，喝鴆酒解渴。」

9 梁商讀了這封信後，覺得霍諝分析得很有道理，同時也很賞識霍諝的才學和膽識。

10 於是，梁商立即進宮，鄭重地請求漢順帝重查宋光一案。

11 沒過多久，宋光果然被無罪釋放了。霍諝為舅舅洗刷冤屈的事情也很快傳遍了洛陽城。

魚目混珠

釋義：用魚眼睛假冒珍珠。比喻以假亂真，用壞的充當好的。

1 從前，有個叫滿願的人，他無意中得到了一顆大珍珠。他的朋友看過這顆珍珠後，無不嘖嘖稱讚。

2 他的鄰居壽量很嫉妒，到處跟人說自己也有一顆祖傳珍珠，因為祖先「不可輕易示人」的遺訓，才沒把珍珠拿出來。

3 後來，滿願得了一種怪病，家人為他請遍各地名醫，病情也不見好轉。

4 奇怪的是，沒過多久，壽量也病倒了，他的症狀與滿願一樣，家人為他尋遍了各種偏方良藥，他的病情也不見起色。

5 一天，有個江湖郎中路過，他自稱能醫治各種疑難雜症。兩家人抱着試一試的心態，請他來給兩個病人看病。

6 郎中給滿願和壽量開了一模一樣的藥方，並對他們的家人說：「這病要治癒不難，只是需要用名貴的珍珠粉做藥引。」

7 滿願忍痛將珍藏的珍珠拿了出來。他的家人立即將那顆珍珠的一半研磨成粉末，再與藥一起煎。

8 滿願服藥後,很快就恢復了健康。他的家人都非常欣喜。

9 奇怪的是,壽量吃了同一種藥,病卻一直沒有好轉。

10 壽量的家人忙請來上次的郎中。郎中也覺得納悶,問壽量吃的是什麼樣的珍珠。壽量便把他剩下的半顆珍珠拿給郎中看。

11 郎中接過珍珠一看,不禁叫出聲來:「這哪是什麼珍珠啊?明明就是魚眼睛!你把魚目當作珍珠,當然不可能治好病啊!」

愚公移山

釋義：比喻做事有頑強的毅力和大無畏的精神。

1 很久以前，在冀州的南部、河陽的北部有太行和王屋兩座大山。這兩座山佔地七百里，高聳入雲。

2 在山的北面，居住着許多人家，他們世代面山而居。大山使他們出行非常不便，每次進出，他們都得繞遠路。

3 在這些人當中，有一個叫愚公的人，他已九十歲高齡，鬚髮全白了。一直以來，他都想挖平這兩座大山。

④ 這天，他終於下定決心，召集全家人商議挖平大山的事。家人聽了愚公的提議，紛紛表示贊同。

⑤ 愚公的妻子猶豫不決，她對愚公說：「你年紀這麼大，恐怕連小山包也無法挖平，挖出來的土石也不知道放哪裏。」

⑥ 家人七嘴八舌地說：「還有我們呢！那些土石扔到渤海邊上去就好啦！」聽到大家這麼說，愚公的妻子最終也同意了。

⑦ 就這樣，愚公帶着兒孫上山敲石挖土，然後用簸箕把土石運到渤海邊上。

8 鄰居京城氏的寡婦有個兒子，才七八歲，他也被他們的精神所感染，蹦蹦跳跳地跑去幫忙。

9 同村有個聰明的老頭兒聽說這事後，就跑來看愚公一家挖山。

10 他見愚公累得滿頭大汗，便笑着制止他：「你真是太傻了！你就算一直勞動到死，這山也不可能被挖平的。」

11 愚公長歎一聲，說：「我雖然老了，但我有兒子，兒子又生孫子，孫子又有兒子。一代代挖下去，總會將山挖的。」

12 那個老頭兒聽愚公這麼說，不以為然地搖搖頭走了。

13 山神害怕愚公一家會不停地挖下去，便向天帝報告了這件事。

14 天帝被愚公的誠心打動，於是命令大力神的兩個兒子將太行、王屋兩座山搬走了。

15 從此，愚公所居住的地方再也沒有大山阻隔，他們的出行變得方便多了。

鷸蚌相爭

釋義：比喻雙方相持不下，而讓第三方得利。鷸（粵音「核突」的「核」）。

1 戰國時期，燕國與趙國之間經常發生戰爭。兩國的百姓深受戰爭之苦，很多人流離失所、妻離子散。

2 有一年，趙王又準備攻打燕國。燕王得知此事後，立即派謀士蘇代前去游說趙王。

3 蘇代到了趙國後，沒有直接勸諫趙王，而是給趙王講了一個故事。

④ 一個陽光明媚的日子，一隻大河蚌慢悠悠地爬上河灘，張開牠的兩個蚌殼，舒舒服服地曬太陽。

⑤ 這時，一隻大鷸鳥從半空中飛過。看到張開蚌殼曬太陽的河蚌，牠立即飛落到了不遠處的河灘上。

⑥ 鷸鳥一步步靠近河蚌，然後趁河蚌不注意，猛地用牠又尖又長的嘴咬住了蚌肉。

⑦ 河蚌遭到突然襲擊，吃了一驚，立即閉合堅硬的蚌殼。蚌殼像一把鉗子似的緊緊夾住了鷸鳥的長嘴。

8 鷸鳥不但拉不出蚌肉來，就連自己的嘴巴也拔不出來了。牠威脅河蚌：「今天不下雨，明天不下雨，你遲早曬死在這裏！」

9 河蚌也不甘示弱地說：「我今天不放開你，明天不放開你，你早晚餓死在這裏。」牠們就這樣僵持着，誰也不讓誰。

10 正在這時，一個漁夫路過。看到死死糾纏在一起的河蚌和鷸鳥，他順手就把牠們一起抓住，帶回家去了。

11 故事說完，蘇代又說：「趙燕兩國好比鷸和蚌，相互爭鬥只會讓秦國得利。」趙王幡然醒悟，打消了攻打燕國的念頭。

朝三暮四

釋義：原比喻聰明人善於使用手段，愚笨的人不善於辨別事情，後形容反覆無常。

1 從前，宋國有個叫狙（粵音追）公的老人，他在家裏養了一大羣猴子。

2 那些猴子活潑可愛，不僅能聽懂狙公說的話，還經常逗狙公開心，狙公非常喜愛牠們。

3 不過，這幫猴子很貪吃，每天都沒完沒了地吃。漸漸地，狙公覺得難以負擔這筆巨大的開銷。

4 狙公只好減少自己和家人的口糧，來盡量滿足猴子們對吃的需求。

5 過了一段日子，宋國戰亂，狙公地裏的莊稼收成也不如往年，一家人的生活變得更拮据了。

6 家人都勸狙公把猴子送走，但狙公與猴子有着深厚的感情，不願意拋棄牠們。

7 最後，狙公沒有辦法，只得減少給猴子們分發食物。他害怕猴子們不順從自己，便想了一個辦法。

8 狙公將猴子們召集起來，對牠們說：「從明天開始，我給你們吃橡子，早上三個，晚上四個。」

9 猴子們一聽都不樂意了，一個個又跳又叫，有的還憤怒地撕扯着狙公的衣服。

10 於是，狙公又裝作為難的樣子說：「好吧，那我就早上給你們吃四個，晚上給三個，這樣可以了吧？」

11 猴子們聽到他這麼說，以為這種分法可以得到更多的橡子，就高興地同意了。

鄭人買履

釋義：比喻一味信奉教條，不考慮客觀實際的做法。履（粵音李），意指鞋子。

1 從前，有一個鄭國人，他的鞋子很破舊了，所以他想到市集買雙新鞋。

2 為了能買到一雙合適的鞋子，他找來一根繩子量自己腳的大小，然後在繩子相應的地方打一個結，把它作為鞋子的尺碼。

3 可是，這個人很馬虎，他量完腳後，就隨手把繩子放在了凳子上，然後去做其他事情了。

4 他好不容易來到了市集。市集上熙熙攘攘，賣鞋的商販也不少。各式各樣的鞋子，看得他眼花繚亂。

5 他挑來挑去，終於在一個商販的鞋攤上挑中了一雙鞋子。

6 但他不知道這雙鞋子合不合適，於是伸手去懷裏掏尺碼，這時他才發現忘記帶量好的尺碼了。

7 他非常不好意思地對商販說：「對不起，我把鞋的尺碼忘在家裏了，等我回去取來再買吧！」

8 還沒等商販反應過來，鄭國人就急忙扭頭走了。

9 鄭國人回到家後翻箱倒櫃，好不容易才找到量好的尺碼。

10 「要趕緊到市集上去，不然就來不及了。」他一邊自言自語，一邊飛快地往市集的方向跑。

11 可是，等他返回市集的時候，賣鞋的商販早就收攤了。

12 最終，他還是沒能如願買到鞋，只好垂頭喪氣地回家了。

13 他的鄰居見他一臉沮喪的樣子，問他出了什麼事。鄭國人便將買鞋的事情詳細地告訴了鄰居。

14 鄰居聽了一臉疑惑：「為什麼你不用腳試一試，而偏偏要回家來取尺碼呢？」

15 鄭國人一本正經地回答：「那怎麼行？我寧可相信量好的尺碼，也不願相信自己的腳啊！」

自相矛盾

釋義：比喻說話做事前後矛盾，不一致。

1 從前，有個楚國人拿着自製的矛和盾去市集上賣，希望能賣個好價錢。

2 他在市集上找了一塊空地，便大聲叫賣起來。許多人被他的叫賣聲吸引，紛紛前來圍觀。

3 只見他拿起矛，一邊做出刺殺的動作，一邊大聲地對圍觀的人說：「大家看看啊，我這矛鋒利極了，可以刺穿一切物體。」

4 說完，他看了看圍觀的人，見他們都默不作聲，不為所動，他露出了尷尬的神色。

5 於是，他把矛放下，拿起了盾，說：「大家再看看這盾！它可堅硬了，什麼鋒利的武器都別想刺破它。」

6 圍觀的人聽了，有的搖頭表示懷疑，有的上前去摸摸盾，想驗明真假。

7 突然，人羣中有個人站出來問道：「你剛才所說的都是真的嗎？」

8 楚國人自信地拍着胸脯説：「當然是真的！這可是最上等的矛和盾！」

9 那人聽了，便一手拿着矛，一手拿着盾，問：「那用你的矛來刺你的盾，結果又會怎麼樣呢？」

10 圍觀的人聽了先是一愣，隨即爆發出一陣大笑。有的人還惡作劇地附和道：「對啊，拿你的矛刺你的盾試試。」

11 那個楚國人不知道該怎麼回答，只得滿臉通紅地收拾東西走了。

成語百寶箱

小朋友，下面藍色字的成語都是你們在這本書裏學過的，它們有一些共通點，可以歸納為同一類成語。我們將它們分類後，便可學習更多相關的成語！

含有數字的成語

一葉障目	六神無主	十萬火急
狡兔三窟	七上八下	一枝獨秀
朝三暮四	八仙過海	四面八方
五光十色	十全十美	九牛一毛

含有方位的成語

南轅北轍	後來居上	上躥下跳
南征北戰	居高臨下	左顧右盼
東奔西走	裏應外合	左鄰右舍
東張西望	前赴後繼	左右為難

含有動物的成語

杯弓蛇影	騎驢找驢	老馬識途
守株待兔	鶴立雞羣	風聲鶴唳
盲人摸象	對牛彈琴	如魚得水
黔驢技窮	狗尾續貂	雞鳴狗盜

含有樂器的成語

掩耳盜鈴	鑼鼓暄天	鐘鳴鼎食
濫竽充數	鳴金收兵	琴棋書畫
晨鐘暮鼓	鳴鑼開道	笙歌鼎沸
重整旗鼓	旗鼓相當	一鼓作氣

含有比喻修辭的成語

呆若木雞	揮金如土	如雷貫耳
多如牛毛	噤若寒蟬	如魚得水
骨瘦如柴	淚如雨下	守口如瓶
光陰似箭	如花似玉	鐵證如山

形容緊張不安的成語

杞人憂天	失魂落魄	心慌意亂
局促不安	忐忑不安	心神不定
芒刺在背	提心吊膽	惴惴不安
如坐針氈	無所適從	坐立不安

含有反義詞的成語

貪小失大	前因後果	聲東擊西
華而不實	取長補短	談今論古
大驚小怪	捨近求遠	有口無心
苦盡甘來	生離死別	爭先恐後

在書中找找看，還有哪些同類成語吧！

孩子愛讀的漫畫中國經典
成語故事②寓言篇

編　　繪：幼獅文化
責任編輯：張斐然
美術設計：張思婷
出　　版：園丁文化
　　　　　香港英皇道 499 號北角工業大廈 18 樓
　　　　　電話：(852) 2138 7998
　　　　　傳真：(852) 2597 4003
　　　　　電郵：info@dreamupbooks.com.hk
發　　行：香港聯合書刊物流有限公司
　　　　　香港荃灣德士古道 220-248 號荃灣工業中心 16 樓
　　　　　電話：(852) 2150 2100
　　　　　傳真：(852) 2407 3062
　　　　　電郵：info@suplogistics.com.hk
印　　刷：中華商務彩色印刷有限公司
　　　　　香港新界大埔汀麗路 36 號
版　　次：二〇二二年十一月初版
　　　　　二〇二三年十一月第二次印刷

ISBN: 978-988-7625-13-1
Traditional Chinese Edition © 2022 Dream Up Books
18/F, North Point Industrial Building, 499 King's Road, Hong Kong
Published in Hong Kong SAR, China
Printed in China